A PRAGA DOS GAFANHOTOS

Francisco Marins

A PRAGA DOS GAFANHOTOS

26ª edição

MELHORAMENTOS

À memória de meus pais,
inseparáveis destas histórias de
Taquara-Póca

Ilustrações de Osvaldo Storni

Atendimento ao consumidor:
Caixa Postal 2547 – CEP 01065-970 – São Paulo – SP – Brasil

Edição: 25 24 23 22 21

Ano: 2007 06 05

ISBN: 85-06-04400-6

Impresso no Brasil

Impressão e Acabamento: Quebecor World S.P.

Para o leitor da série Taquara-Póca

Depois... que o terrível Coleira-Preta pôs Taquara-Póca em rebuliço e deixou Tiãozinho, Dudu e Tico-Tico em apuros, as coisas só se acalmaram quando eles conseguiram, com a ajuda de Chico Tibúrcio, capturar a perigosa onça Pintada!

Mas a calma foi por pouco tempo, pois a menina Pintadinha vendeu o porco Ronca-Fuça, dodói do Tiãozinho, e o sítio foi invadido por uma onda de gafanhotos, devoradores de tudo o que encontravam.

Estes últimos episódios constituem as aventuras que você vai ler neste livro.

SUMÁRIO

A horta

Naquela manhã bem cedo, quando Tibúrcio tocava o sino no terreiro de café, chamando os trabalhadores para os serviços da roça, Tiãozinho, Tico e Dudu já estavam de pé, animados para começar, com os outros meninos, a horta do Clubinho.

Professor Justino não demorou muito a aparecer, e Chico logo atrelou o Chumbado e o Marengo, dois bois mansos, ao arado de bico, e todos, em meio a grande algazarra, caminharam em direção à baixada, de terras planas, que beirava o riacho.

Era ali o lugar escolhido para a hortinha.

– O nosso Clubinho começa hoje, de verdade – disse o professor.

– Isso mesmo – confirmou Tiãozinho, escolhido para ser o diretor agrícola.

O pequeno sentia-se orgulhoso por ver que o Clubinho ia começar realmente suas atividades pela parte agrícola.

Todos conversavam e riam satisfeitos. O sol começava a se levantar por trás dos morros, ao longe, e vinha do campo um cheiro bom de folhas e de flores silvestres. A passarada ensaiava os primeiros vôos. Um

bem-te-vi, de peito amarelo, cantou no alto de uma aroeira. Um joão-de-barro, de cima de seu "forninho", arriscou um vôo para o capim, à procura de insetos para os filhotes. O macaquinho e o cão, companheiros inseparáveis dos meninos, corriam juntos. Perereca, muito esperto, agarrado ao arado que Chico Tibúrcio dirigia, parecia querer dar ordens aos bois. Micuim latia e enrolava-se no capinzal, ainda orvalhado.

Logo chegaram ao lugar escolhido. Era plano e de bom tamanho.

– Aqui dá para a gente plantar muita coisa – disse Tiãozinho.

– Mais de um alqueire[1] de terra própria para horta – confirmou Tibúrcio.

– É uma boa área – comentou o professor.

Chico colocou os bois na direção certa. Depois ajeitou o arado, com o bico meio enterrado no chão, olhou para a frente e deu ordem de partida.

Os dois bois começaram o trabalho, arrastando o arado, que abria um risco fundo e revirava a terra para o lado em grandes blocos.

---

[1] Um alqueire de terra corresponde em São Paulo a 24.200 m², ou seja, dois hectares e 4.200 m, e a 48.400 m² em Minas Gerais, Goiás e Rio de Janeiro. Nos estados nordestinos o alqueire equivale a 27.225 m².

Os meninos admiravam a força dos bois e a habilidade de Tibúrcio em manejar o arado.

– Mas, professor – perguntou Dudu –, por que a gente não pode plantar logo as hortaliças, sem arar?

– Porque assim há mais vantagem para as plantas. O chão revolvido, como você está vendo, recebe mais ar, indispensável para a vida delas. E a terra fofinha é melhor para as raízes...

– Vejam quantos bi... bichi... nhos – gaguejou Tico.

Todos olharam. De fato, no sulco deixado pelo arado, eles viam bichinhos em rebuliço.

– Esses cupins e corós comem as raízes das plantas... precisam ser destruídos.

Os meninos ficavam cada vez mais interessados.

– Afasta, Chumbado! Adiante, Marengo!

Tibúrcio continuava seu trabalho. A junta de bois caminhava de um lado para o outro, arrastando o arado.

Tiãozinho pediu para pegar no cabo do arado e executar o trabalho. A terra era fofa e o pequeno, no princípio, sentiu dificuldade em manter o bico de ferro na posição certa, mas, pouco depois, já conseguia fazer o serviço de modo correto. Então, todos os companheiros quiseram imitá-lo, e Chico precisou concordar em que eles se revezassem no trabalho gostoso.

Butoca, neto de nhô Lixandre, o bom preto que morava em sua casinha de sapé à beira do mato, Zequinha Tibúrcio, irmão do Chico, e Pintadinha, uma esperta garotinha da colônia, eram dos mais interessados e gritavam e corriam de um lado para o outro.

Mas, de repente, sem que os outros percebessem, os três saíram devagarzinho e foram correndo para a casa-sede do sítio. E de lá trouxeram galinhas, patos, marrecos, perus e galinholas, que ali foram colocados em meio aos sulcos do arado.

Perereca, o macaquinho, muito assustado, subiu numa árvore, com medo do peru, todo arrepiado e a grugulejar sem parar, e do galo Zé Pedro, que, ao vê-lo, sempre arrepiava as penas do pescoço e o ameaçava com bicadas e esporadas.

– Que é isso? Que é isso? – gritava o professor, assustado. – Como é que esse bando de aves apareceu por aqui?

Tiãozinho logo entendeu que aquilo era proeza de Pintadinha, Butoca e Zequinha. Tico reclamou – onde se viu trazerem para ali aves do terreiro!

Eles explicaram que o arado descobria os bichinhos, que iam ficando por ali na terra, e o certo era deixá-los por conta das aves.

– Vocês tiveram boa idéia – bradou o professor. – Elas vão se fartar. E os passarinhos darão conta do que sobrar.

– Os passarinhos? – interrogou Butoca.

– Sim. Muitos insetos ruins, que estragam as plantas, são engolidos pelos passarinhos, que assim nos aju-

dam. É uma das razões para se acabar aqui com estilingues – disse o professor, com ar zombeteiro.

Tico, Butoca e Zequinha, bons de pontaria com pelotas de barro, encabulados, trataram de ir saindo de perto.

Os primeiros canteiros

Vários dias se passaram, e a hortinha começava a aparecer. Cada menino trabalhava nela, com gosto, um pouco por dia. E o serviço em conjunto rendia bastante.

Tico era o mais entusiasmado de todos.

– Agora... agora... é minha vez – bradava ele. – Vocês não... não... deixam... na... na... na... da pra mim...

Os outros então lhe passavam a enxada, pois não adiantava discutir com ele. Ficava vermelho, e as sardas de seu rosto pareciam ficar ainda mais vivas! Ele pegava no cabo da ferramenta com a canhota.

Depois de arado o terreno, eles quebraram os torrões duros, deixando a terra bem fofa e soltinha, e retiraram para longe pedaços de raízes, pedras e gravetos. Fizeram, então, canteiros, separados uns dos outros por pequenos regos.

Dudu teve uma idéia. Como ele tinha ouvido o professor dizer que a água era indispensável para as plantas, planejou trazê-la para ali do riacho.

– Vamos cortar bambus? – propôs Tiãozinho.

– Pra quê?

– Para fazer uma bica.

A idéia foi logo aprovada pelos companheiros e, em pouco tempo, eles arranjaram bambus grossos, fizeram um amarrado com cipós e, com o auxílio do burrinho Maracujá, arrastaram-nos da moita até a hortinha.

A escolha do trecho do riacho de onde iam desviar a água foi mais difícil. Felizmente a horta estava situada num lugar favorável, e os meninos pensaram em uma pequena represa, para facilitar a retirada da água pela bica feita de bambus. E, com um carrinho de mão, começaram a carregar algumas pedras da pedreira para as margens do riozinho.

– Butoca, você precisa trazer o carrinho e o seu bode! – lembrou Tiãozinho.

– Isso vai... vai ajudar muito... muito mesmo! – confirmou Tico. – Eu... não agüento mais...

Butoca, dono do carrinho de madeira puxado por um bode amestrado, correu a buscá-lo. Com um relhinho na mão, dava ordens ao animal, que arrastava o carrinho, que "cantava" que nem o carro de bois de nhô Chico. E, de cada vez, lá iam três ou quatro pedras.

Perereca, o macaquinho, querendo também ajudar, trazia uns pedregulhos, que punha em cima do pequeno veículo. De vez em quando, aproveitando o descuido de Butoca, encarapitava-se em cima do carro. Então, o bodinho, percebendo, punha-se a espirrar e a volver o focinho para trás como a prometer cabeçadas. Perereca, por sua vez, pulava pro chão, mas, logo que o outro se descuidava, reincidia.

Tico, vendo o sucesso que Butoca fazia com seu carrinho, pensou em atrelar nele o bezerrinho Fumaça. E, assim, num sábado à tarde, quando Butoca tinha ido procurar guaribas e araçás no campo, passou uma correia no pescoço do bezerro e arrastou-o para junto do carrinho. Com muito trabalho, emendando os tirantes e usando algumas cordas como coalheira, conseguiu atrelar o bezerro, que, muito desconfiado, não queria andar, apesar de Tico, vermelho como pimentão, continuar a gritar:

– Vamos, Fumaça, pra... pra... pra frente.

Mas nada fazia o bezerro se mover, nem quando o menino lhe falou baixinho ao ouvido, dizendo que ele era um fiasco!

– Onde se viu aquele bode malcheiroso puxar o carrinho e você... aqui... empacado.

Qual nada, Fumaça permanecia firme, com as pernas da frente abertas e a cabeça baixa. Não queria mesmo puxar o carrinho.

Tico agarrou-o pelas orelhas e tentou arrastá-lo, mas o bezerro não saiu do lugar. Por fim, deu-lhe uma torcida no rabo, e Fumaça, então, deu um forte arranco para a frente. Tico, desequilibrando-se, foi ao chão, enquanto o bezerro, percebendo que atrás de si corria alguma coisa a ele preso, punha-se a pular e a dar coices. Por sorte, logo os tirantes que o prendiam se arrebentaram, ele se safou e o carro de Butoca não se fez em cavacos.

Tico, desanimado, desistiu de nova tentativa.

Logo que a pequena represa conseguiu fazer a água elevar a seu nível, esta correu, através da bica de bambus, até a horta. Ali, por meio de alguns regos, o líquido alcançou os canteiros, que assim ficavam com a terra bem úmida.

Vovô trouxe da vila sementes de hortaliças: de couve, repolho, cenoura, rabanete, pimentão, alface, chicória. Um colosso de coisas! Os garotos logo as semearam nos pequenos canteiros. E, com o tempo, começaram a nascer as primeiras plantinhas. Todos os dias eles vinham ali para ver as que iam nascendo, arrancavam as ervas daninhas e espantavam os passarinhos que queriam comer as sementes. Foi preciso até usar um espantalho para afugentar os invasores indesejados.

Depois... quando as mudinhas estavam crescidas, começaram a mudá-las para os canteiros maiores, definitivos, onde elas deviam se desenvolver à vontade. Dessa forma, os trabalhos da horta tomavam todo o tempo da criançada.

Ronca-Fuça

Fora do chiqueirão, onde Tio Juca mantinha na ceva muitos porquinhos, engordava a olhos vistos o Ronca-Fuça. Era um suíno roliço e carnudo, de focinho curto e olhinhos sumidos na cara rechonchuda.

Tiãozinho criara-o, desde pequeno, na mamadeira. Ficou, por isso, mansinho, caseiro e brincalhão. Bastava os pequenos fazerem-lhe cócegas na barriga para que ele logo se deitasse e se pusesse a roncar. Dava gosto ver esse porquinho. Andava para cá e para lá atrás dos garotos, como a participar de suas brincadeiras. Se chovia, lá ia ele fuçar a lama, varar os cercados e correr atrás das galinhas, que lhe furtavam o milho.

Como Ronca-Fuça, entretanto, não deixasse em paz o jardim de nhá Candoca, revolvendo a terra e destruindo as flores, Tio Juca resolveu metê-lo no chiqueiro de engorda, junto com os outros suínos.

E lá estava ele, então, com dedos de toicinho no lombo...

Tiãozinho, no entanto, tinha amizade pelo porquinho, do mesmo modo que Tico apreciava o Fumaça, e vivia reclamando para que o tirassem do chiqueirão.

– Deixe esse leitão lá no cercado, assim não vem revirar as plantas nem sujar a roupa limpa do coradouro – bradava nhá Candoca, satisfeita por ver o bicho bem preso.

A roça

Num daqueles dias os pequenos foram à roça com Tio Juca.

Que beleza a plantação! O milho, o arroz, o feijão, tudo bem viçoso, prometendo fartura!

Tio Juca, entretanto, não parecia muito entusiasmado.

– Mas, se tudo vai correndo tão bem? – perguntavam os pequenos.

– É que devemos estar preparados para aceitar imprevistos: geada, seca, pragas!

Chico continuava esperançoso. Haviam de colher bastante e nada ia impedir que o paiol e a tulha ficassem bem cheinhos após a colheita, dando alegria a toda a gente que trabalhava em Taquara-Póca.

– Vejam as batatas! Nunca tivemos uma colheita assim! E o feijoal! As mandiocas! O milharal viçoso!

– Tomara que tudo corra bem como até agora!

– Nós já passamos por maus bocados aqui – explicava Tio Juca. – Pegamos um ano de geada brava. O cafezal estava ainda bem novo. Veio a friagem da madrugada e queimou as plantas. Dias depois, tudo estava preto. Lá se foram anos de trabalho e de esperança. Mas não desanimamos. Plantamos tudo de novo e continuamos a acreditar em boa colheita.

Os meninos ouviam muito atentos.

Quando atravessaram a porteira, de volta, ouviram uns latidos desesperados que vinham lá do lado do campo. Era o Micuim, que voltava em disparada, com o rabinho entre as pernas, ganindo de fazer dó.

– Que aconteceu? – bradou Tico, correndo a abraçar o cãozinho.

– Que foi? – inquiriram todos, assustados.

O cachorro estava com o focinho sujo de sangue e enrolava-se na barba-de-bode do campo, desesperado.

– Será que ele levou coice de algum animal?

– Ou foi mordido por cobra?

– Não diga isso!

Nhá Candoca apareceu à janela do casarão e levou a mão à boca ao ver o cachorrinho daquele jeito.

Tio Juca decifrou a charada:

– Foi atacado por ouriço!

– ...?

– Micuim foi morder o ouriço-cacheiro e recebeu em resposta um punhado de espinhos no focinho.

– É isso mesmo – confirmou Chico.

– Se eu descobrir por aí esse malvado! – bradou Tico.

– Nosso cachorrinho não faz mal a ninguém... – disse nhá Candoca, abraçando-o.

– Será que ele vai morrer? – interrogou Tico, receoso.

– Está sofrendo muitas dores, mas podemos ajudar o Micuim! Esperem um pouco – disse Tio Juca.

Foi para dentro de casa e logo voltou com um alicate, algodão e álcool.

Chico segurou Micuim e, em pouco tempo, sob as vistas de todos e com grandes ganidos do cão, foi arrancando um a um os espinhos.

– Quando o Micuim encontrar outra vez um ouriço-cacheiro, ele vai correr de medo... – caçoou Chico.

– E é bom que corra – confirmou Tiãozinho.

– Meu... meu... ca... cachorrinho não é nem... nem um pi... "pixote"... pra... pra... correr... de... de... medo.

– Bem, bem, se bancar o valente, vai levar outro espinheiro no focinho!

Má notícia

E estavam, assim, ocupados a cuidar do Micuim quando viram um cavaleiro chegar pela estrada da vila.

– Vovô! Vovô! – exclamaram.

Ele tinha ido pela manhã fazer compras na vila e voltava a galope, no cavalo pampa.

Todos foram depressa à porteira para saber o que acontecia.

– Então, Vovô, está experimentando o matungo, para ver se é bom corredor? – brincou Dudu.

– Está molhado de suor, como se tivesse atravessado o rio.

Vovô apeou e deu as rédeas para os pequenos, que levaram o pampa para a cocheira. Tico já tinha ido na frente descascar umas espigas de milho para o animal. Tio Juca perguntou:

– Que aconteceu?

Com a voz meio cansada, Vovô respondeu:

– Tive má notícia na vila. Dizem que uma grande nuvem de gafanhotos vem vindo do sul.

– Gafanhotos? Não diga!

– E a direção deles é para estes lados.

– Será possível?! – bradou Chico, levando a mão à boca.

Os pequenos não compreendiam.

Dudu nunca tinha ouvido falar em nuvens de gafanhotos.

– Se eles aparecerem por aqui, adeus, sítio, pois nada vai escapar!

– Se Deus quiser, isso não vai acontecer.

– Lá na vila só se fala em gafanhotos. Todos andam alarmados. Deu notícia no rádio e no jornal.

– Precisamos fazer alguma coisa!

– E com toda a pressa!...

Conversas ao pé do fogo

Naquela tarde não se falou em outra coisa no sítio. E, à noitinha, todos reunidos em casa do Vovô ainda discutiam sobre os gafanhotos. Fazia frio e, como de costume, nhá Candoca trouxe para o centro da sala de jantar uma bacia cheinha de brasas. Todos puseram suas cadeiras em volta e ali ficaram conversando.

Nhá Candoca foi para a cozinha, debulhou espigas de milho-pipoca, das que estavam penduradas no fumeiro, pôs gordura de porco na caçarola e deitou o milho dentro. Tiãozinho arranjou uns cavacos e sabugos e alimentou o fogo.

Tico esperava, ansioso, para cantar:

"Arrebenta pipoca,

Maria sororoca..."

Nhá Candoca, segurando o cabo da caçarola, agitava-a sobre as chamas, que se elevavam vermelhas. As pipocas começaram a estourar.

Os meninos aguardavam. De repente uma pipoca graúda saltou da panela, por uma frestazinha da tampa.

– Que beleza, este milho não deixa um piruá – disse nhá Candoca.

– Piruá? – perguntou Dudu.

– É o milho que não arrebenta.

Todos receberam com alegria, na sala, a caçarola de pipocas quentinhas, que iam comendo aos punhados, junto com cafezinho quente.

A conversa voltou a girar sobre os gafanhotos.

Nhô Lixandre, sentado a um canto, o porrete entre as pernas, o chapéu de palha na mesa, entre dois bocados de pipoca e um gole de café, exclamou:

– É, esse negócio de gafanhotos não é brincadeira, não. Uma vez vi uma nuvem tão grande que demorou umas três horas para passar no céu.

– Tanto assim? – interrogaram os pequenos.

– Isso mesmo – confirmou o bom preto. – E o céu até ficou escuro, coberto pela nuvem. Parecia que aquilo não ia acabar mais. Por todo lado gafanhoto e mais gafanhoto e um cheiro forte, um fedor mesmo.

– É verdade – confirmava o Vovô. – Já vi, também, uma "nuvem" dessas. Tinha mais de quilômetro de comprimento por outro tanto de largura.

– Eu nem posso imaginar tanto bicho assim voando! – exclamou Dudu.

– É, a gente tinha a impressão de que chovia...

– Como assim? – interrogaram logo os pequenos.

– É isso, o gafanhoto é um terrível comedor. E, logo que come, vai dando saída ao alimento. E, como eram milhares os que passavam sobre nós, parecia chover sobre nossas cabeças!

Os pequenos riram. Tico, para arreliar, segurou o nariz e fez careta como sentindo cheiro de cocô.

– Porcaria! – exclamou ele, cuspindo.

– Mas o pior é quando a nuvem desce. Então os bichos atacam as árvores, as roças, os campos. E, em pouco tempo, acabam com tudo. Comem sem parar todas as folhas que encontram, como se estivessem morrendo de fome. Quando partem, já quase nada resta. E vocês pensam que fica só nisso o seu mal? Não, o pior vem depois da partida deles.

– Como assim? – interrogaram os meninos.

– Eles deixam os seus ovos em terra, que depois se transformam em outros gafanhotos, os "saltões". Estes têm ainda mais apetite, e desde logo põem-se a comer o que restou das plantas...

– Mas a gente pode lutar contra eles, não é?

– É difícil – afirmou o professor Justino. – As nuvens são muito grandes. É preciso muita gente para atacá-las. Além disso, cada fazendeiro, sozinho, pouco conseguirá. Nós, aqui no Brasil, ainda temos sorte, pois eles aparecem raramente e só em certas ocasiões. Em alguns países, os gafanhotos costumam surgir todos os anos e dão muito prejuízo.

– Então, ainda temos sorte! – exclamaram os pequenos.

– É, mas não sei o que vamos fazer se os insetos aparecerem por aqui!

– Nós ajudaremos o Vovô – disse Tiãozinho.

– É preciso mesmo...

– Pau neles, turminha!

As formigas guerreiras

Nhá Candoca levou para a sala mais uma caçarolada de pipocas. Vieram, também, batatas-doces assadinhas na brasa e um prato de broas de milho. Com isso, a palestra podia prosseguir animada.

– Terríveis são também as formigas-correição – disse o professor Justino.

– Formigas-correição? Nunca ouvi falar nelas – disse logo Tiãozinho.

– São perigosas – completou o professor –, pois chegam a atacar, em alguns lugares, os animais e até as pessoas. Muitos as chamam de formigas-de-fogo. Na Amazônia são chamadas de saca-saias.

Eles ficaram interessados pelo que dizia o professor, pois ali no sítio só conheciam as saúvas e as quenquéns, terríveis cortadeiras de folhas, mas nunca tinham ouvido falar em formigas capazes de atacar animais e pessoas.

Justino contou então que, certa vez, quando esteve nas selvas do País, em uma de suas viagens, chegou a uma aldeia às margens do Xingu, o grande rio que lança suas águas no Amazonas. E ali presenciou uma cena da qual nunca mais se esqueceria.

– Então você conhece bem aquela região? – perguntou Vovô.

– Deve ser interessante – disse Tiãozinho – ouvirmos a história de suas viagens.

– Bem, isso é coisa para mais tarde. Estava dizendo que cheguei a um vilarejo à margem do rio Xingu e lá fiquei aguardando, em companhia de dois amigos, um pequeno navio que deveria nos levar rio acima. Notamos, entretanto, que os moradores estavam muito preocupados. Diziam que uma correição de formigas partira da floresta em direção à vila. Era em número tão espantoso que seria quase impossível combatê-la.

– Que coisa impressionante! – admirou-se Chico Tibúrcio.

– Eu nunca ouvira falar nesse fato e por isso duvidei. Mas, conversando com moradores do lugar, eles nos afirmaram que há dois anos as formigas já tinham visitado a vila. Eram milhões, fazendo um barulho assustador; entraram nas casas e causaram estragos enormes. Todos passaram a ter muito medo delas.

"O povo, com aquela notícia, devia logo abandonar

a vila, servindo-se de canoas, à procura de um lugar mais seguro. Outros iriam em cavalgaduras, carroças, carros de bois, para fugir o mais depressa possível.

"Era uma empresa difícil, pois a vila mais próxima ficava muito distante.

"Foi então que o meu companheiro teve uma idéia: todo o povo devia ter calma e esperar a chegada, à tardinha, do nosso navio. Nele, todos iam atravessar para a outra margem do rio. Ali podiam ficar mais seguros. Mas nem todos concordaram."

– Por quê?

– É que as formigas, em certas ocasiões, podem até atravessar os rios e atacar na outra margem – disse alguém.

– Isso já é demais! – duvidaram os pequenos.

– Pois fiquem sabendo que isso é possível! As formigas-correição atiram-se às águas em quantidade tão grande que umas se apóiam nas outras ou unem-se pelas patinhas, formando uma grande bola que consegue boiar, e assim alcançam a margem oposta, onde, em seguida, se desprendem e continuam a marcha. Mas a nossa preocupação era transportar o pessoal para lugar seguro, do outro lado do rio.

"À tardinha, um homem chegou correndo à vila, vindo da floresta. Mal podia falar de tão cansado. Nós o inquirimos:

"'Que aconteceu, homem de Deus?!'

"'As formigas! As formigas!'

"'Onde estão elas?'

"'Vêm... vêm vindo. Vi agora mesmo uma coisa horrível. Um boi estava atolado no brejo, aí no córrego. Elas avançaram sobre ele e o comeram inteirinho!'"

– Mas será possível uma coisa dessas? – interrompeu Chico Tibúrcio, bastante incrédulo.

– Sim, essas formigas são carnívoras. E os próprios animais da floresta, quando percebem a correição, tratam de fugir para longe.

– Nunca podia imaginar isso! – disse Dudu.

– Essa notícia – continuou Justino – deixou todos mais preocupados ainda. Felizmente o navio não demorou a chegar e conseguiu levar todos os moradores para a outra margem. Homens, mulheres, crianças, velhos, moços, cachorros, gatos, galinhas, tudo foi colocado a salvo. Do outro lado o pessoal dormiu ao relento, embaixo das árvores, ou em cabanas construídas com ramos.

"No dia seguinte, logo cedo, todos estavam muito nervosos, esperando a chegada das formigas. De cima das árvores espiávamos longe.

"Elas não demoraram. Era um verdadeiro rio escuro, formado por milhões e milhões de insetos, que foram entrando pela vila abandonada, avançando pelas casinholas adentro, à procura de alimentos, e devorando tudo o que encontravam. Até os ratos e as baratas foram descobertos em seus esconderijos e destruídos."

– Então, apesar de tudo, as formigas fizeram um serviço útil.

– Sim, mas foi uma cena de que nunca mais pude me esquecer!

– E depois, que aconteceu, professor?

– Aconteceu que nós, os viajantes, queríamos atravessar o rio e dar combate às formigas, mas os moradores da vila não concordaram. Diziam que não poderíamos vencê-las. Eu imaginava cavar alguns fossos do outro lado, enchê-los com galhos secos e, depois, encaminhar habilmente a correição para eles. Assim, poderíamos queimá-las.

"Mas, antes que pudéssemos executar essa tarefa, um acontecimento inesperado nos chamou a atenção."

– Que foi, nhô Justino? – interrogou Chico, com os olhos arregalados.

– Um arrepio correu pelo nosso corpo. É que aquele verdadeiro rio de formigas, depois de devorar tudo o que encontrara nas casas, encaminhava-se para as margens e poderia vir para o nosso lado.

"Os homens que estavam conosco, muito agitados, pediram ao comandante de nosso barco que levasse logo o pessoal para longe dali. As mulheres e crianças gritavam. Muitas pessoas correram para a mata. Lembro, entretanto, que um velho marinheiro de nome Tomás, naquele momento, soube agir com decisão. Subiu para o navio e ordenou que pusessem as máquinas em funcionamento. Mas não deixou que ninguém entrasse nele. Apenas eu e mais dois companheiros ficamos dentro. O navio caminhou para o meio do rio e ficou à espera. Logo vimos que aquela massa negra de formigas, depois de chegar à margem, atirava-se às águas, formando um enorme rolo que avançava em nossa direção."

– Que coisa horrível – comentou Dudu.

– Nós não sabíamos o que ia acontecer. Mas Tomás gritou uma ordem, corremos ao porão e trouxemos alguns tambores de petróleo, que lançamos na água. O óleo escuro escorreu na direção daquele aglomerado de formigas. Em seguida o navio se afastou rapidamente para cima e Tomás, debruçado à amurada, acendeu uma tocha e atirou-a à água.

"Num instante as labaredas acesas sobre a superfície desceram o rio até atingir as formigas.

"O ar se encheu, então, de um cheiro esquisito, e, quando as chamas se apagaram, restavam sobre a corrente manchas e manchas escuras, que iam rio abaixo. As formigas tinham sido destruídas. Só depois disso é que os moradores da vila puderam voltar para suas casas", concluiu Justino.

Estavam todos enlevados a ouvir aquela estranha história de formigas, quando o relógio da sala de jantar bateu nove horas.

Vovô pigarreou. Quando ele ajeitava a garganta, todos já sabiam, era hora de ir para a cama.

– Amanhã, quando o sol nascer, nhô Chico bate o sino e todos precisam estar de pé! – disse Vovô.

Dudu olhou de modo significativo para o professor Justino:

– É que a gente não está acostumado a saltar da cama tão cedo!

– Quem não sair cedo de casa não toma leite tirado na hora, lá na mangueira!

– Esse é um bom motivo pra não se ficar debaixo das cobertas! – respondeu Dudu.

– Boa noite. Boa noite. Boa noite.

Dudu passa por um bom susto

Dudu, depois de ouvir aquela história sobre as formigas, ficou muito tempo pensativo e custou a dormir naquela noite.

"Quem havia de dizer que um bichinho tão pequeno pudesse causar tanta desgraça!", pensava ele.

Bem de manhãzinha o menino foi à hortinha ver se a bica de bambus conduzia bem a água para os canteiros. Mas de lá voltou, correndo, muito assustado, e fazendo grande barulho.

– Acudam, corram depressa, as formigas-correição estão lá na horta!

Vovô e Tio Juca saíram apressados para o terreiro. Tico e Tiãozinho lembraram-se logo da história do professor, sobre as terríveis formigas do Xingu.

– Será possível que além da praga dos gafanhotos vamos ter a das formigas?!

– Tenha calma! – pedia Vovô, batendo nas costas de Dudu.

O pequeno, vermelhinho pela corrida, respirava apressadamente, apontando para o lado da horta.

Todos correram para lá. Mas Tio Juca e Vovô não demonstravam preocupação. O pequeno, entretanto, tinha os olhos arregalados.

Logo que chegaram à baixada, próximo ao riacho, os dois puseram-se a rir gostosamente.

– Que foi? Que foi, Dudu? Onde estão as formigas-correição?

– Vejam ali. Elas fazem uma fileira. Vêm saindo de dentro do buraco!

Vovô e Tio Juca continuavam a rir e então explicaram:

– Essas formigas são saúvas cortadeiras!

– Isso mesmo! – confirmaram Tico e Tiãozinho, pegando, cada qual, uma formiga do chão.

Elas carregavam folhinhas roubadas dos canteiros da horta e seguiam em fileiras para sua casa.

– Precisamos acabar com elas, senão liquidam com as verduras – disse Vovô.

Os meninos saíram em disparada em direção à casa da fazenda e de lá regressaram acompanhados de Tio Juca, que trazia apetrechos para atacar as saúvas.

– Agora precisamos procurar o formigueiro. Aqui nós só temos um olheiro. A casa principal delas deve estar mais para o alto. Vamos até lá.

Logo adiante encontraram, no meio de arbustos, um monte de terra solta.

– Está aqui a sede do formigueiro!

Tio Juca pegou uma foice e cortou os arbustos, deixando limpa a região de terra solta. Em seguida explicou:

– Vejam, aqui é o centro do formigueiro, isto é, a parte mais alta.

Apanhou, a seguir, um enxadão e foi raspando a terra em vários lugares, formando pequenos círculos.

– Para que isso, titio?

– Nestes pontos vamos fazer furos.

– Como assim?

– Vejam isto.

E Tio Juca tomou um ferro de mais ou menos dois metros de comprimento, que tinha em uma das pontas um cabo curvo e na outra uma pequena maça de ferro mais grossa.

– Esta é a perfuradora, ou sonda. Vejam como se trabalha com ela.

Colocando a ponta para baixo, Tio Juca fez força no cabo, de modo a introduzir a sonda na terra solta. A princípio houve dificuldade, mas, de repente, a sonda desceu sozinha.

– Que aconteceu? – perguntou Dudu, sem entender.

– É que a ponta da sonda atingiu uma "panela" das formigas, por isso desceu sozinha! Panela é um dos lugares onde as formigas vivem, embaixo da terra, e para onde levam as folhas das plantas que elas roubam da horta.

A seguir, o Tio Juca tirou a perfuradora e disse aos pequenos:

– Fiquem olhando para esse buraco.

Eles obedeceram.

De fato, dentro em pouco muitas formigas começaram a aparecer subindo pelo furo aberto. Vinham furiosas, procurando ver quem estava ali a importuná-las.

– São as "cabeçudas" – explicou o professor Justino, que vinha chegando. – Essas formigas de cabeça grande são encarregadas da defesa do formigueiro.

Nesse momento Tio Juca também já estava com um punhado de folhas verdes nas mãos e tapou com elas o buraco aberto.

– Para que isso, titio?

– Se não fizermos isso, não poderemos mais furar os outros buracos. As "cabeçudas" logo aparecem e vão dar ferroadas a torto e a direito.

– Ai... ai... levei uma "cortada".

Era Tico, que dava pulos e saía correndo dali.

– Estão vendo?! – bradou Tio Juca. – As "cabeçudas" defendem sua casa.

O trabalho prosseguiu animado e, depois de bom tempo, uns dez buracos estavam abertos pela perfuradora e tapados com folhas.

Nesse momento apareceu Vovô, com um regador cheio d'água e um litro na mão.

– Aqui está o formicida – disse ele.

Tio Juca, então, destapou um dos buracos, no qual Tiãozinho despejou água e, a seguir, Vovô colocou nele uma pequena porção do veneno.

Tiãozinho e Dudu colocaram o dedo no nariz.

– Que fedor! – exclamaram.

Tio Juca, com o pé, tapou com terra solta o buraco onde foi colocado o líquido e explicou:

– O formicida produz um gás bastante tóxico e mais pesado que o ar. Esse gás fica lá por baixo, atacando.

– Se não morrem... com gás... morrem com o cheiro! – bradou Tico.

– Agora vocês podem ficar sossegados, que as formigas vão deixar a horta em paz!

– E a gente não põe fogo?

– Não é preciso.

E o professor Justino disse que havia também outros modos de combater os formigueiros e um até mais fácil, que era o de colocar umas bolinhas envenenadas no chão. As formigas levavam para dentro do formigueiro as iscas, que envenenavam as folhas da sua casa.

Explicou, ainda, aos pequenos que as saúvas causam grandes estragos às plantas e, quando não são combatidas, aumentam de modo assustador. Em algumas regiões do País são tantos os formigueiros que ninguém consegue fazer plantação. Tudo é destruído pelas formigas – árvores frutíferas, cereais, eucaliptos.

– Agora eu estou me lembrando – disse Dudu – de um cartaz lá da cidade que diz: "Ou o Brasil mata a saúva ou a saúva mata o Brasil".

– É uma grande verdade. Um bichinho pequeno como esse, mas organizado e trabalhador, é capaz de anular o esforço de milhares de homens.

– Também, se tivesse aparecido algum tatu por aqui, estas formigas já estavam sem casa – acrescentou Vovô.

– Não sabia que tatu é inimigo da formiga!

– É, sim! Ele entra pelo formigueiro adentro e causa enorme atrapalhação. E come as içás, que são as "mães" dos formigueiros.

– Eu já cacei içás! – disse Tico.

– Neste ano, em outubro, quando começar a revoada de içás, nós vamos fazer um concurso no Clubinho, para ver quem apanha maior quantidade delas.

– E qual vai ser o prêmio? – perguntou Tiãozinho.

– Isso ainda é surpresa!

– Vocês podem convidar todos os meninos pra isso.

– Vai ser uma festa! – bradou Tiãozinho.

– Assim salvamos a horta do Clubinho.

Quando regressaram da roça, Tiãozinho estava tão cansado de lidar com a perfuradora que foi deitar-se num monte de capim, perto do curral.

Os companheiros riram dele e mandaram o Perereca tirar-lhe o chapéu.

– Também, você quer fazer todo o trabalho sozinho – brincou Dudu.

– Vamos jogar pião?

Quem desafiava era Tico.

– Com você a gente sempre perde – reclamou Dudu.

– Não... não... só de vez em quando – respondeu Tico, com ar disfarçado. – O Zequinha também, tam... bém é bom... E... o Butoca, melhor de todos nós.

– Vamos lá, cada um com seu pião. Temos de dar hoje uma “coça” no Tico – propôs Tiãozinho.

Brinquedo de pião

Pouco depois todos os meninos estavam lá no terreiro de chão batido, para jogar pião.

Traçaram um círculo com a fieira e o próprio pião. No centro devia ficar o pião-alvo e começaram a atirar de *malhão*. Tiãozinho, Dudu e Pintadinha ficaram de olho. Não queriam jogar, pois já sabiam que, naquela disputa, ninguém ia levar vantagem sobre Butoca. Este logo atirou duas vezes o seu *caviúna*, de ferrão pontudo, bem no miolo do círculo e, assim, conseguiu a melhor posição. Zequinha ficou em segundo lugar e Tico, com seu *terereca*, de bico rombudo, só conseguiu ficar em terceiro.

Os meninos riam e aguardavam as disputas. Mas não deu outra. Tico foi obrigado a colocar, como castigo, no centro do círculo, o seu *batata-roxa*, e Butoca, muito confiante, cuspiu no ferrão do *caviúna*, enrolou a fieira, bem apertada, até a *barriga* do pião e deu um golpe certeiro, de *malhão* sobre o alvo. Acertou em cheio. E seu pião saiu roncando. Então, Butoca abriu os dedos indicador e médio e caçou o *caviúna* na palma da mão. Com ele rodando, bateu no alvo que era o pião do Tico e o tirou de *botoque*, de dentro do círculo.

Os assistentes gritaram satisfeitos, saudando o vencedor. Butoca não "negava fogo" mesmo, e sua proeza entusiasmava a todos.

Quem não gostou foi o Tico. Seu pião *terereca* levou uma ferrada e foi excluído logo da disputa, que, então, continuou entre o vencedor e Zequinha, que também acabou derrotado.

No pião, ninguém podia mesmo com o Butoca!

O Clubinho quer agir

No dia seguinte, depois da aula, os pequenos fizeram uma reunião especial do Clubinho Taquara-Póca. Dudu, como presidente, disse aos companheiros que tinha uma notícia muito importante.

Quando todos fizeram silêncio, explicou que o sítio estava em grande perigo, pois uma nuvem de gafanhotos podia chegar de uma hora para outra, e acabar com todas as plantações.

Butoca, muito desconfiado, deu de ombros.

– Não é possível. Esses gafanhotinhos que andam por aí não fazem mal a ninguém!

– Vocês têm medo de uns bichinhos tão pequenos? – perguntou Zequinha.

Dudu viu-se atrapalhado para explicar que os tais gafanhotos eram diferentes, vinham em bandos e comiam tudo. Tiãozinho quis também explicar. Tico gaguejava. Dudu não sabia realmente o que dizer, pois não entendia de gafanhotos. Por fim acabou concordando: nem ele acreditava muito na história contada pelo professor sobre aqueles bichinhos.

– O Vovô sabe que os famintos comem tudo sem parar! – exclamou Tiãozinho.

– Mas gafanhoto a gente mata com uma pisada – teimava Butoca. – É um bichinho "ansinzinho"! – e fez um gesto indicando o tamanho.

– Bem, bem, quem vai explicar isso direitinho é o professor – disse Tiãozinho, tentando encerrar aquele assunto.

E passou a outro, que se referia à horta.

Já haviam chegado as sementes de pepino e abóbora encomendadas na vila; estava no tempo de mudar os pezinhos de tomate e, dentro em pouco, já poderiam colher os primeiros pés de repolho e alface.

– Até pimenta... tem plantado!

– Eu é que não como dessas vermelhinhas!

– Mas... essa história de gafanhotos deixa a gente preocupado! – dizia Tiãozinho.

– Por quê? Vocês têm medo de que eles ataquem a horta? – quis saber Dudu.

– Deixem esses "bichos" comigo! – afirmava Butoca.

– Eu ajudo – confirmava Zequinha, fechando as mãos e endurecendo os músculos do braço.

Pintadinha, a bibliotecária, pediu a palavra.

– Só por cinco minutos – disse Dudu, rindo.

A esperta garotinha não se deu por achada, fez uma careta para o presidente e disse que não ia falar muito, mas só dar uma boa notícia.

– Qual é?

– Adivinhem, ué!

– Não sabemos! Diga logo – pediu Tiãozinho.

– A biblioteca vai começar a funcionar!

– Como assim? – perguntou Dudu, intrigado.

Ele, como presidente, nada sabia do que estava acontecendo.

– Mas... como você arranjou os livros?

– Ah, isso é segredo! – respondeu ela, franzindo o narizinho. – Vocês estão querendo saber demais.

– Eu não vi nenhum livro por aqui – acrescentou Tiãozinho.

– Esperem para ver. Mas isso é segredo, ouviram? A biblioteca vai começar a funcionar, e com volumes que contam aventuras, viagens, biografias, mistérios...

O professor em apuros

Tico, Tiãozinho e Dudu continuavam preocupados com os gafanhotos! Para eles era impossível que um bichinho tão pequeno pudesse causar tanto prejuízo ao sítio. Os três, entretanto, queriam saber o melhor modo de se defender dos "malvados".

Saíram em direção à casa de nhô Lixandre e, à margem do trilho, encontraram o bezerro Fumaça.

Tico foi ao seu encontro. Como estava forte o Fumaça, com aquela mancha branca na testa, as orelhas grandes, um pequeno cupim no lombo, o pêlo bem liso!

Tiãozinho e Dudu se recordaram do dia em que Tico havia livrado, valentemente, o bezerro de ser comido pelos urubus famintos da grota[2].

Tico tirou a cinta, amarrou-a no pescoço do animal e puxou-o pelo trilho. Mas não podia andar muito depressa, pois, sem a cinta, sua calça ameaçava cair. Tiãozinho e Dudu, que vinham atrás, riam vendo os apuros do companheiro.

– Está na hora de o bicho mamar, Tico?

– Está, sim – confirmou ele.

– Você precisa aumentar aquela mamadeira. Agora ele já bebe um garrafão cheio.

– Não há leite que chegue para este malandro – respondeu Tico, puxando o Fumaça, que caminhava de má vontade, espichando o pescoço.

– Você precisa agora passar a comer capim! – resmungava ele, dirigindo-se ao bezerro.

Os dois meninos se recordaram, ainda, daquele dia triste em que a Boavista, mãe do Fumaça, havia morrido no fogo que Zé Pedro tinha posto no mato. O pobre do bezerrinho só escapara por pouco. E Tico, com muita paciência, tinha conseguido criar o Fumaça na mamadeira!

– Zé Pedro é terrível...

– Vovô diz que faz trinta anos que ele é inimigo de Taquara-Póca. E faz de tudo para prejudicar o sítio!

– Merece é uma boa surra!

– Mas o Vovô não pensa assim. Diz que devemos pagar o mal com o bem!

---

[2] Este episódio foi contado no livro *O Coleira-Preta,* desta mesma editora.

– Você vai atrelar o Fumaça no carrinho do Butoca? – brincou Tiãozinho.

– Meu bezerro não é burro de carga!

O professor Justino vinha em sentido contrário:

– Professor, a gente quer saber, bem direitinho, sobre os gafanhotos. Será que tem mesmo perigo?

– Bem, bem, é melhor vocês esperarem um pouco. Deixo este assunto para outro dia. Até logo!

No dia seguinte, depois da aula, ele pegou um cavalo e foi até a vila. Levava algumas cartas para pôr no correio, dirigidas a pessoas lá da cidade, às quais pedia informações mais detalhadas sobre a forma de combater os gafanhotos.

Passaram-se alguns dias. E vieram as respostas. Também chegaram caixotes com material de combate aos gafanhotos, além de livros e folhetos.

Justino não perdeu tempo e pôs-se a estudar tudo aquilo, sozinho, lá na sala da escolinha.

Os pequenos foram, pé ante pé, espiar o professor. Ele fez que não os viu. Continuou lendo os livros, experimentando uns aparelhos esquisitos, pregando caixotes, virando manivelas, fazendo barulho. Finalmente, no sábado, procurou os pequenos e foi logo dizendo:

– Agora sou "doutor" em gafanhotos. Que bichinhos terríveis! Vamos reunir o Clubinho...

– Eu dou...dou... uns pelotaços na "testa" dele! – desafiou Tico.

– Não é esse o jeito, menino.

Todos saíram com mais dúvidas.

Preparativos

No dia seguinte todos se reuniram na escolinha. Lá estavam também nhô Lixandre, apoiado em seu cacete de cabo de madeira, trabalhado a canivete, Chico, Vovô, Tio Juca, nhá Candoca e muitos trabalhadores.

A conversa devia girar em torno de gafanhotos. O professor tomou a palavra.

– O gafanhoto – disse ele – pertence a uma espécie que tem o nome esquisito de *Schistocerca paranensis*, dado pelos cientistas. Sua característica principal é a de ser mastigador e andar sempre faminto.

– E de onde vem essa praga? – perguntou Tiãozinho.

– A maioria das nuvens que chegam ao Brasil parte do Chaco, uma região alagadiça situada na Bolívia e no Paraguai, países vizinhos. Desses lugares pantanosos os gafanhotos saem à procura de alimentos e chegam ao nosso país depois de voar centenas de quilômetros. Quando estão no ar, até podem ser combatidos com o emprego de aviões.

– Aviões de combate? – perguntou Dudu.

– Não, aparelhos pequenos apropriados para espalhar gases sobre eles.

– Nossa! Então é uma verdadeira guerra! – afirmou Tiãozinho.

– No ar e depois na terra, quando eles descem para atacar as plantações... E não pensem que a luta termina aí...

– Por quê?

– Porque os bichos põem ovos, que se transformam em outros gafanhotos, primeiramente nos chamados "mosquitos". Estes, por sua vez, viram os "saltões", que causam mais prejuízos às plantas que os próprios pais...

– Então dão trabalho mesmo!

– Nós, aqui no Brasil, felizmente, só temos a visita de gafanhotos a cada dez ou quinze anos, mas, em alguns outros países, eles costumam atacar as plantações todos os anos, fazendo grandes estragos. Por isso, nesses lugares, há até um serviço oficial e permanente para o seu combate.

– Uma espécie de exército "gafanhoticida"! – brincou Tio Juca.

– É isso. Uma brigada pronta para entrar em ação!

– O gafanhoto é grandão ou "ansinzinho"? – perguntou Tiãozinho, fazendo um gesto com o polegar e o indicador da mão direita.

– Eles medem de 4 a 8 centímetros de comprimento, põem ovos na terra e destes saem os filhotes, comilões! Mas, se nós estivermos bem preparados, poderemos até afugentá-los enquanto estiverem no ar, pois no chão os bichos podem causar maior prejuízo.

– E... e... os gafanhotos... só comem plantas? – perguntou Tico.

– Sim – confirmou Tiãozinho, arreliando –, mas algum bezerrinho gordo eles não rejeitam!

Todos riram. Tico encabulou.

O professor Justino, então, mostrou aos presentes os instrumentos que havia recebido da cidade. E explicou:

– Recebemos alguma coisa enviada pelo serviço oficial de combate ao gafanhoto. Isso já nos pode ajudar. Aqui estão alguns venenos, um pouco de enxofre e outros ingredientes.

– Para que enxofre?

– O enxofre queimado produz um gás malcheiroso, que espanta os gafanhotos.

Naquele mesmo dia todos começaram os preparativos para combater os insetos. Na pequena oficina do Vovô, aparelhada para serviços de carpintaria, começaram a fazer matracas, aparelhos de madeira capazes de produzir um barulho alto e irritante.

Justino mandou reunir, ainda, folhas de zinco e latas velhas. Tudo foi guardado no paiol.

– Para que isso, professor?

– Quanto mais barulho, melhor.

– Então gafanhoto se mata com barulho? – perguntou Dudu, intrigado.

– Matar, não mata, mas espantar, espanta. E isso já é uma grande coisa.

Os meninos, entusiasmados, ajudavam nos preparativos.

Mais tarde notaram que Tico não estava mais por ali. E, então, Tiãozinho perguntou:

– Onde será que o Tico foi parar?

Dudu pensou um pouco e respondeu:

– Estou me lembrando... ele estava falando em umas mangas madurinhas lá do pomar. Vai ver...

– Então é isso mesmo, deve estar se regalando.

Saíram os dois correndo em direção do pomar e logo no trilho viram o Tico, que voltava.

– Que é isso, moleque? Você se enlambuzou com gema de ovo?

De fato Tico estava com o rosto sardento todo sujo de uma espécie de baba amarela. Até o cabelo dele parecia uma pasta!

– Você foi pegar de novo ovos de tico-tico? – arreliou Dudu.

– As mangas estão maduras, e eu não agüento mais de tanto chupar! Amasso cada uma bem amassadinha, depois faço um furinho e chupo gostoso...

Os outros dois também não resistiram.

– Vamos lá chupar mangas!

Zé Pedro

Aquele homem magro e alto, de longa barba, que falava gritado, dono das terras vizinhas, continuava a ser inimigo do sítio. E Tibúrcio ouvira na vila que Zé Pedro tramava mudar as divisas e avançar sobre as terras de Taquara-Póca.

– Como assim? – inquiriram os pequenos, revoltados. – Esse homem se apoderou de chão que era nosso e ainda está querendo mais?!

– É isso. Quer tomar conta de todos os sítios da vizinhança!

Tio Juca explicou:

– Antigamente as divisas das terras eram combinadas por simples palavras, entre os proprietários. Quase não se usavam documentos escritos e registrados. Mas todos cumpriam fielmente o combinado. Zé Pedro, entretanto, não é homem assim. E, como nós não temos

todos os mapas e documentos do sítio, ele diz que aquele trecho da mata lhe pertence...

– É um "grileiro" sem-vergonha – disse Tio Juca.

– Eu pego um cavalo e vou ao Córrego Fundo mostrar a esse ladrão de terras... – bradou Chico, nervoso.

– Tenha calma – pediu Vovô.

– Ele merece é uma boa surra!

Vovô abanava a cabeça.

– Assim nada se resolve.

Os meninos se reuniram, à tardinha, no pomar e conversaram sobre o novo problema.

– Não podemos pensar nisso agora – dizia Tiãozinho. – Temos pela frente os gafanhotos! Se eles passam por aqui, comem tudo, liquidam as roças, o pomar, o capim dos pastos e... daí nem Zé Pedro quer mais o sítio.

– Será que eles vêm mesmo?

– Isso é certo! O professor disse: as nuvens vão passar por aqui.

– Então é a gente se preparar!

– No duro?

– Isso mesmo.

O céu escureceu

Tiãozinho, de fato, parecia o mais preocupado com os gafanhotos. Por isso, depois do almoço, quando Tico e Dudu vieram convidá-lo para ir à capoeira procurar araticuns, disse que não sentia vontade de comer essa fruta e preferia ficar descansando um pouco.

Os dois saíram correndo, acompanhados por Micuim.

Tiãozinho sentou-se, então, junto do abacateiro, que esparramava uma sombra gostosa pelo quintal, naquela hora de sol forte. Encostou-se ao tronco da árvore e pôs-se a olhar para as galinhas-d'angola, que passeavam pelo terreiro com aquele pescoço curvo e a cabeça branca e vermelha. Pareciam mascaradas.

– Tou... fraco... tou... fraco... tou... fraco... – cacarejavam elas.

Bastante sonolento, Tiãozinho achava que o galinho garnisé parecia um pintainho perto dos outros frangos, mas, na briga, os grandes não podiam com ele. Micuim latia lá embaixo, na beira do rio, aonde tinha ido atrás dos dois companheiros. Perereca guinchava em cima do paiol de milho. O macaquinho parecia estar de vigia na cobertura de sapé. De repente começou a guinchar mais alto, mais alto e, com as mãos na cabeça, pôs-se a pular, como se quisesse dar algum aviso.

Tiãozinho, assustado, olhou para todos os lados. Nisso viu, com grande espanto, que tudo estava escurecendo, escurecendo... Ao mesmo tempo, ouvia um barulho tão forte que parecia a cachoeira lá do grotão. E o ronco aumentava, aumentava cada vez mais.

O menino olhou, então, para cima, e viu uma nuvem de gafanhotos que passava sobre o sítio, a pouca altura. Não se conteve mais. Saiu gritando pelo terreiro a chamar o pessoal, que parecia paralisado e sem coragem de combater os gafanhotos. Ao mesmo tempo, os insetos iam descendo sobre o campo, sobre o pomar e, mais para a frente, na roça e na mata. Era como se um manto escuro tivesse baixado do céu para cobrir todas as coisas.

Ninguém sabia o que fazer. Tibúrcio dava pulos e gritava, levando as mãos à cabeça. Vovô arregalava os olhos.

– Vamos pegar as tochas de fogo, as enxadas, as pás, para matar esses bichos! Chamem o professor.

Muitos correram ao paiol e agarraram as ferramentas.

– Vamos à roça!

Apressados a caminhar pelos trilhos, os trabalhadores tentavam lutar contra os invasores, que começavam a devorar as plantas com grande apetite. Mas com tochas de fogo o pessoal investia contra os intrusos, que caíam e formavam grossas camadas no chão. Com as enxadas abriam valas para enterrá-los. Mas, enquanto destruíam uns poucos, milhares de outros desciam do céu em nuvens.

Era impossível lutar contra tantos insetos. Depois de algumas horas de trabalho intenso, Tio Juca berrou que abandonassem o serviço, pois não adiantava mais tanto esforço. Os gafanhotos já tinham comido grande parte do algodoal, o milharal e também outras plantações de cereais. Avançaram, em seguida, sobre a mata e, em poucos minutos, as árvores ficaram completamente sem folhas.

Tiãozinho principiou a chorar, desesperado. Podia dizer adeus a Taquara-Póca, pois que nada mais sobrava do sítio. Todo o esforço deles, de tantos anos, estava perdido. De que tinham valido as explicações do professor? De nada, de nada, de nada! Nem para ajudar a

combater os gafanhotos ele tinha aparecido. De que adiantara terem perdido tantas horas preparando-se para atacar os bichos? Nunca mais iria à escola. Adeus ao Clubinho. Para que biblioteca?

Lembrou-se de ir imediatamente chamar o Curupira. Sim, ele era o defensor da mata. Podia ajudar a salvar o que sobrara!

Saiu a correr e logo viu na cerca o espantalho, calmo, indiferente.

– Por que você fica aí parado como um estafermo enquanto tudo de ruim acontece? – perguntou, com raiva.

Mas o bonecão continuava imóvel, indiferente, como se nada tivesse acontecido.

E a horta também havia sido destruída? Tiãozinho dirigiu-se para lá.

Ao chegar ao fim da capoeira, olhou para a baixada e quase não reconheceu o antigo lugar. Tudo estava limpinho! Nem uma folha verde. Parecia que o fogo havia passado por ali.

Desconsolado, Tiãozinho voltava para casa. Nisso ouviu uns guinchos bem perto. Ele não sabia de onde vinham. Sentiu, depois, cócegas no nariz e deu um espirro forte.

O menino arregalou bem os olhos e quase não acreditou no que via. À sua frente estava Perereca dando pulinhos. Ele o acordara, pegando-lhe o nariz.

Só então percebeu que tinha adormecido e sonhado ali à sombra do abacateiro. Sonhado com a invasão dos gafanhotos, do modo como o professor havia explicado.

Mais do que depressa levantou-se, satisfeito por ver as árvores bem folhudas, o campo verdinho, o céu muito azul, as galinhas ciscando no terreiro, nhá Candoca cantarolando lá na cozinha.

Nada mesmo havia acontecido de ruim.

Piscou duro e esfregou os olhos, afugentando a sonolência, olhou mais uma vez para o verde das árvores rebrilhando aos raios do sol. Tudo parecia mais lindo e, então, foi correndo para a cozinha tomar café com bolinhos de fubá, pois estava com bom apetite. E, depois, foi ao encontro de seus amiguinhos.

A biblioteca

Dudu e Tico regressavam do campo com os bolsos cheios de ariticuns e araçás. Saíram todos, então, para o curral, aonde Pintadinha acabava de chegar. E tinha vindo avisar que eles já podiam ir ver a biblioteca.

Os dois estavam bastante intrigados e olhavam desconfiados para a esperta garotinha, que revelava um ar muito zombeteiro.

Butoca e Zequinha, trepados nas varas do cercado, ouviram a boa nova. O carrinho de Butoca, puxado pelo bode, estava encostado aos mourões.

– É verdade, mesmo? – perguntavam, duvidando.

– Então vão ver, se não acreditam.

Os três, mais que depressa, saíram acompanhados por Micuim, que latia, e por Perereca, a pular atrás, tentando acompanhá-los.

Butoca pôs o carrinho em movimento e Pintadinha foi em cima, sentada num banquinho. Zequinha ajudava a tocar o bode, cutucando-o com uma vara. Dirigiram-se, assim, para a escolinha.

Lá, de fato, em um cômodo bem arrumadinho, encontraram uma estante com prateleiras cheias de livros de vários tamanhos.

Eles não podiam conter a admiração. Dudu foi logo pegando, abrindo os volumezinhos e exclamando:

– Que beleza!

Eram obras infanto-juvenis. Com capas vistosas, ilustrações em preto e em cores que despertavam a vontade de ler, na mesma hora. Viagens, aventuras, vida de grandes homens, histórias fantásticas...

– Quanta coisa, Pintadinha! Você é formidável! O Clubinho está começando muito bem – diziam eles, animados.

– Mas... mas... como... você pôde... conseguir... isso tudo?! – perguntou Tico, desconfiado.

– O Vovô não deu o dinheiro para a compra dos livros, não é? – perguntou Tiãozinho.

– Isso é segredo, é segredo, já disse – teimou a esperta garotinha, batendo uma mão na outra.

Butoca e Zequinha prendiam o riso, dando mostras de que sabiam algo mais. Isso deixava os outros ainda mais intrigados.

– Você fez alguma "arte" – exclamou Tiãozinho, olhando para ela muito sério e com o dedo indicador no ar.

O segredo de Pintadinha

Dudu, então, deu uma piscadela para os companheiros e eles, compreendendo, deram mostras de desinteresse e saíram em direção ao caminho da casa. Pouco adiante, entretanto, esconderam-se numa moita de vassoureiro.

– Vamos nos esconder aqui! Butoca e Zequinha sabem de tudo! Estão combinados com Pintadinha!

– Aí vêm eles!

– Olhe, o Micuim está parado no caminho. Assim eles vão desconfiar que estamos escondidos por aqui!

Tico, então, assobiou para o cachorrinho, que entrou depressa na moita.

– Esconda-se aqui, seu bobo!

O cachorrinho obedeceu e colocou-se atrás dos arbustos.

Perereca, muito esperto, montara no carro de Butoca, junto com Pintadinha, que mostrava ares de muita importância... Zequinha e Butoca falavam alto, sem perceber que eles estavam por perto.

– Vamos caminhando pela capoeira. Eles não vêem. E ouvimos tudo – disse Tiãozinho.

– Psiu, não façam barulho!

O carrinho de Butoca, ao avançar, também cantava no eixo como o de Tibúrcio.

– Tiãozinho até agora não sabe de nada! – dizia Zequinha.

– Nem pode imaginar – confirmava Butoca.

– Mas eu acho que nós fizemos bom negócio.

– Eu disse que o Ronca-Fuça estava bem gordinho e pesado.

– E o homem pagou bom preço por ele.

– Foi pena! Chegamos um pouco tarde à feira da vila, senão o Ronca-Fuça ainda ia render mais dinheiro.

– Quando Tiãozinho souber, vai ficar uma "fera".

– Os livros valem mais do que aquele porcão, que mal podia andar de gordo.

– Depois o Vovô nunca ia fazer chouriço e lingüiça do Ronca-Fuça aqui no sítio, por causa do Tiãozinho.

– Antes a biblioteca!

– Mas logo precisamos arranjar outros livros – dizia Pintadinha.

– De que jeito?

– A gente pede outro bicho ao Vovô, para vender na feira, como fizemos com o Ronca-Fuça.

– Tenho uma idéia!

– Diga qual é!

– Fica para depois...

Tico, Tiãozinho e Dudu avançaram escondidos, pela capoeira, até o final do trilho e ali pararam para não serem vistos.

Tinham descoberto o segredo de Pintadinha.

– Vocês viram como eles são tratantes? – resmungava Tiãozinho. – Levaram o meu Ronca-Fuça para a feira da vila.

Dudu e Tico mal podiam se conter com vontade de rir. Tiãozinho, muito vermelho, reclamava. Ninguém podia esperar por aquela. O Ronca-Fuça virara biblioteca!

Tico continuava a rir, caçoando de Tiãozinho. Este então revidou:

– O próximo bicho a ir embora vai ser o Fumaça. Precisamos ainda de outros livros.

– Epa, parado! Que ninguém se meta com meu bezerrinho!

Festa de São Pedro

Nesse ano iam fazer festa, em junho, no dia de São Pedro. Chico tinha ido buscar um carro de lenha na mata para preparar a fogueira. Todo o pessoal mostrava entusiasmo e começava a enfeitar o casarão do Vovô com fileiras de taquaras e bandeirinhas de lá até a capela, onde nhô Lixandre, como fazia todos os anos, iria rezar o terço.

Vovô foi à vila comprar fogos: rojões, bombinhas, busca-pés, traques, pistolões.

Nhá Candoca preparava doces gostosos: de cidra, abóbora, laranja em calda, pé-de-moleque. Que gostosura! Batata-doce e mandioca assadas na brasa também não deviam faltar.

Tio Juca ensinara como preparar alguns refrescos com frutas silvestres, como pitanga, guabiroba, uvaia, amora, e todos estavam ansiosos para que chegasse logo o dia da festa.

Horas agitadas

No dia seguinte, entretanto, os meninos acordaram com o sino do terreiro batendo como nunca tinham ouvido. Todos saltaram apressadamente da cama.

Grande era o rebuliço dentro da casa do Vovô. Pessoas corriam e gritavam ao mesmo tempo. Fora, no terreiro, Micuim latia. Perereca guinchava assustado, as galinhas corriam para todos os lados. O galo Zé Pedro voou para a porteira e cantou, batendo as asas.

– Os gafanhotos! Os gafanhotos!

– Corram! Venham todos!

– Chegou a hora da briga!

Tico foi o primeiro a ganhar o terreiro, ainda descalço e de camisolinha parecendo saia de menina. Ele não usava pijama para dormir. Queria, também, dar ordens, para que todos ajudassem, mas a gagueira não o deixava. Tibúrcio batia o sino, sem parar.

– Deus nos acuda! – gritava o caboclo. – A gafanhotada está chegando!

– Que desgraça! – murmurava nhá Candoca, benzendo-se.

– Tenha confiança, mulher!

Todos olhavam para o céu, onde passavam os primeiros gafanhotos, num barulho de assustar.

O professor chegou correndo e recomendou:

– Agora, pessoal, nada de afobação e sigam os meus conselhos.

E virando-se para Tio Juca:

– Vá à roça e faça funcionar as matracas que estão nos ranchos.

– Nós também vamos! – gritaram os meninos, prontos.

– É preciso levar as latas, folhas de zinco, fogos e rojões.

– Está certo. Depressa!

Nhô Chico continuava a bater o sino, e os demais aguardavam novas ordens do professor.

– Será que eles vão descer por aqui? – perguntou Tiãozinho, vendo que o primeiro grupo de gafanhotos já havia desaparecido no céu.

– Logo virão outras revoadas – explicou o professor. – Tudo vai depender de nosso trabalho e, também, do vento.

Os pequenos, servindo-se de paus e de pedras, batiam nas folhas de zinco. Chico repicava o sino com tanta força que deixava as pessoas meio surdas. Micuim latia, e os meninos aumentavam o barulho com gritos e assuadas. O professor arranjou uns panos brancos e pediu que fossem amarrados nas árvores do pomar.

– Isso é comigo – disse Zequinha, que acabava de chegar acompanhado por Butoca.

Os dois logo treparam nos pessegueiros e abacateiros e deixaram os panos a esvoaçar.

– Bem, cada qual em seu posto – disse o professor. – E agora, fogo nos rojões!

– Mas eles são para a festa! – exclamou Dudu.

– Servem também para os gafanhotos!

Dali a pouco os meninos viram que nova nuvem de gafanhotos vinha se aproximando.

Cada qual, então, desdobrou seu esforço. O barulho era enorme e até espantava os bichos que andavam ali por perto do curral, os quais se punham a correr pelo pasto. O Maracujá, que chegara para comer seu milho, saiu em disparada, escoiceando o ar e assoprando forte pelas ventas.

– Que desgraça! Que tristeza! – exclamava Vovô. – Nunca se viu uma coisa dessas! Até parece castigo.

Nisso Tiãozinho teve uma idéia.

– E se a gente pusesse fogo no campo?

– Mas não é perigoso? – perguntou Dudu.

– Não – respondeu, afinal, Vovô. – O campo está isolado pelos caminhos. A macega e a barba-de-bode estão baixas e secas. Nem servem mesmo para o gado comer.

– Mas... mas... e se o fogo pular na roça?

– Não tem perigo! Acho a sua idéia muito boa. O fogo e a fumaça podem espantar os gafanhotos.

– Então vamos comigo, Tico! – disse Tiãozinho.

Saíram os dois correndo, com uma caixa de fósforos, e pararam, pouco adiante do mangueirão, junto a uma touceira de barba-de-bode bem sequinha. Tiãozinho riscou um palito. O vento apagou-o. Riscou outro e, logo, a chamazinha, atingindo o capim, cresceu depressa, batida pelo vento. Dali o pequeno correu mais alguns passos e repetiu a façanha. Assim, num instante, muitas línguas de fogo avançavam pelo capinzal e lançavam uma fumaça preta que escurecia o céu.

Nesse momento os pequenos foram atraídos por um barulho muito forte. Parecia uma trovoada. Olharam para cima. A nuvem de gafanhotos aumentava cada vez mais.

– Que... que... coisa horrível, será que o mundo vai acabar? – exclamava Tico.

– Nunca pensei que existisse tanto gafanhoto assim!

– Deus... queira que eles não desçam por aqui!

Em poucos minutos eram tantos que escureciam o céu. Ao mesmo tempo, caía sobre eles uma chuva de sujeira fedorenta!

– Bichos porcos! – berrava Tico, limpando-se e querendo dar socos nos gafanhotos.

No terreiro continuava o barulho forte do sino e das folhas de zinco.

Nisso os meninos começaram a ouvir alguns estouros, distantes. Os rojões subiam para o alto, soltando faíscas: tschimpuuuuuuummmmm! Tschim... puuuuummmmm!

Ouviram, também, o estourar de bombas mais fortes: tam... puuuum... tam... puuuumm... tam... puuuumm...

– São Pedro chegou antes do tempo! – brincou Tiãozinho.

Ouviram, ainda, umas descargas para o lado da casa de nhô Lixandre. Os meninos, subindo na cerca, viram o preto velho com sua espingardinha a apontar para o alto e dar uns tiros. Procurava, a seu modo, espantar os invasores, que continuavam a passar, indiferentes.

– Se Deus quiser, esses bichos não vão descer por aqui!

– Com tanto barulho, ficaram com medo.

Apesar de tudo, alguns milhares iam pousando pela mangueira e até pelo campo, agora já coberto de fogo por todo lado.

Os do terreiro foram logo atacados pelas galinhas alvoroçadas e pelo galo Zé Pedro. Os do campo certamente iam morrer queimados.

Felizmente, quando já se sentiam bastante cansados, todos notaram que os bandos de gafanhotos começaram a ficar mais ralos. E depois desapareceram de todo.

Vovô, atemorizado, olhou para o pomar, que continuava bem verde, e as árvores com lençóis brancos dependurados. E, na copa de uma delas, Zequinha e Butoca gritavam ainda, sem parar.

– Parece que, desta vez, o sítio escapou! Venham para cá, meninos!

Os dois trataram de descer, ainda muito assustados.

– E... a roça? – perguntou Vovô, que estava ainda muito nervoso.

– Vamos até lá!

Saíram em disparada pelos trilhos do campo, todo esfumaçado.

Quando iam chegando à porteira da roça, encontraram o pessoal da fazenda, de volta.

– Felizmente não desceram – disse Justino, muito alegre. – Nós conseguimos assustar os bichos!

– Salvamos o sítio – disse Tiãozinho.

– Do contrário, a uma hora dessas, o sítio já tinha virado comida de gafanhoto.

– Nem diga isso, "seu" professor – disse Chico, limpando o rosto suarento.

– Eram tantos que a gente nem podia contar...

– Mais de dois mil – disse Tico, que pouco en-tendia de números.

– Dois mil? Mais de dois milhões pode ser – emendou Tio Juca, rindo.

– Eu perdi a conta... – safou-se Tico.

E assim, suarentos, mas felizes por terem conseguido aquela vitória, voltaram para casa, onde os esperava um bom café com leite e biscoitos de polvilho. Todos cansados, cheirando a pólvora, a fumaça e a cocô de gafanhoto.

Ainda os gafanhotos

Naquela tarde a conversa dos pequenos foi só sobre os acontecimentos do dia. E cada qual procurava recordar os seus esforços e contar alguma coisa interessante que havia feito. Na verdade todos tinham lutado com entusiasmo e podiam se orgulhar do próprio trabalho.

À noitinha, reunidos à frente do curral, sob o luar claro que caía sobre o campo, cheirando a queimado, ouvindo o cri... cri... dos grilos, o mugido distante das vacas leiteiras, todos conversavam ainda animados, quando ouviram galope de cavalo na estrada.

Os pequenos logo se puseram de pé e perguntaram:

– Quem será?!

O cavaleiro parou à porteira. Micuim se pôs a latir. Tio Juca, Chico e os pequenos correram até lá.

– Boa noite! Boa noite!

– Ora, vejam só, o Quinzote lá do Passo Novo!

– Boa noite! Boa noite!

– Vamos apeando!

O rapaz perguntou pela saúde de todos.

– Como vai o "capitão" Zé Augusto?

– Vai muito bem, obrigado, e mandou muitas lembranças.

Quinzote era um vizinho, filho de Zé Augusto, antigo membro da Guarda Nacional, que gostava de ser chamado ainda pela sua antiga patente ou posto de "capitão". Era um velhinho que andava de corpo empinado e usava cavanhaque ralo.

– Vá apeando! Vá apeando! – dizia o Vovô. – Então, que houve por lá?

O rapaz parecia cansado pela longa corrida, e seu cavalo arfava ao lado, bastante suado.

– É... papai mandou consultar o senhor... ele diz que sempre agiram de acordo e, agora, não quer tomar uma resolução sem ouvir a sua palavra.

– Mas... mas o que houve?

– É a respeito de Zé Pedro...

– Sim, que aconteceu com ele?!

– Então o senhor não sabe?!

– Não, nada sabemos!

– Sobre os gafanhotos!...

– Desceram lá? – perguntou Tio Juca, preocupado.

– É isso mesmo – confirmou Quinzote. – Os insetos estão acabando com o sítio dele, e Zé Pedro pediu auxílio aos vizinhos. Sem a ajuda de todos, será difícil salvar a lavoura. Os tais bichos estão com muita fome.

Vovô e Tio Juca ficaram silenciosos, um olhando para o outro. Acontecera o inesperado. A nuvem de gafanhotos tinha descido mesmo nas terras do vizinho.

– Ninguém quer ajudar Zé Pedro! – disse Quinzote. – O senhor sabe, ele só fez inimigos por aqui. Pensou que nunca haveria de precisar dos outros, mas agora chegou a hora de pedir apoio.

– É verdade – concordou Vovô, pensativo.

– Papai não disse que ia, nem disse que não ia. Quer primeiro ouvir a sua opinião. Se o senhor resolver ajudá-lo, nós também iremos; se achar que não, ficamos bem quietos – afirmou Quinzote.

Vovô começou a andar, pensativo, pelo terreiro de secar café. O luar clareava as casinholas do sítio, o mangueirão, a copa do arvoredo distante...

O bom velho meditava sobre os acontecimentos do dia. Deus os ajudara bastante. Os gafanhotos não haviam descido sobre as suas plantas. A má sorte recaíra sobre o sítio de Zé Pedro, situado poucos quilômetros além. E ele pedia socorro. Era um homem mau, que sempre procurava encrencas com os vizinhos, e Taquara-Póca sofrera com ele!

Bem ao longe, no pasto, uma vaquinha mugiu. Um curiango, com os olhos vermelhos, pousava num cupim, os sapos coaxavam lá embaixo, na beira do riacho.

– Zé Pedro não merece a nossa ajuda! – dizia Tio Juca para Quinzote, lá dentro do mangueirão.

– Minha opinião também é essa – confirmava o recém-chegado.

– Depois de tudo o que ele fez para nós... – acrescentava Tiãozinho.

– Pra que ajudar esse traste? – dizia Chico.

Vovô continuava a andar, pensativo. Todos esperavam por sua decisão. Ele se manisfestou:

– Minha gente – disse o velho, em voz baixa –, sei que de Zé Pedro só recebemos o mal. Mas agora ele está sendo vítima de uma desgraça que poderia ter caído sobre o nosso sítio, sobre o de Zé Augusto ou sobre qualquer outro. Não é assim?... Por isso nossa obrigação é a de ajudar.

Todos ficaram admirados com a decisão do Vovô. Tio Juca, principalmente, que sempre esperou a oportunidade de castigar o mau vizinho, não podia compreender que perdessem a ocasião. Mas devia respeitar a opinião de seu pai.

Quinzote levantou-se e, depois de tomar um cafezinho, trazido por nhá Candoca, disse que ia levar a resposta. Taquara-Póca ia ajudar seu antigo inimigo. Apanhou as rédeas do animal, preso ao mourão da cerca, e saiu a galope pelo campo.

Os pequenos não concordam

Aquela noite foi de grande agitação.

Tio Juca chamou Chico, e os dois arrearam um cavalo cada um e saíram para avisar os moradores dos sítios vizinhos. Todos deveriam seguir para as terras de Zé Pedro, a fim de lhe prestar auxílio. Era uma tarefa difícil, pois, para ir de um lugar a outro, as distâncias eram grandes.

Vovô falou, também, com o professor, que elogiou a resolução e prontificou-se a ajudar.

O velho, então, foi ao potreiro, onde ficavam os bois, e reuniu quatro deles para atrelar ao carro. Ao voltar, encontrou os pequenos calados a um canto do mangueirão, de braços cruzados e bastante zangados.

– Onde se viu ajudar aquele homem! – resmungava Tiãozinho.

– Sempre quis tomar conta de Taquara-Póca – acrescentou Dudu.

– É bem... pior do que... cascavel! – resmungava Tico.

Vovô fingia não ouvir. E ia lidando com os bois sozinho, carregando as pesadas cangas e os tirantes e prendendo-os com dificuldade, pois os animais já estavam cansados do trabalho durante o dia e não queriam ir para o carro.

Os pequenos ficaram encabulados. Deixar o Vovô fazer aquele esforço sozinho não queriam, mas, se fossem ajudá-lo, estariam "dando o braço a torcer"... e, ao mesmo tempo, concordando em auxiliar Zé Pedro.

– Daquela vez ele levou embora o Maracujá! – disse Tiãozinho, como que para se justificar.

– Mas o burrinho fugiu e não ficou lá nem um dia!

– Foi ele que pôs o fogo que matou a mãe do Fumaça – lembrou Dudu.

– É um cara-de-pau. Tratante. Sem-vergonha!

A onça e as capivaras

Vovô continuava, sozinho, a atrelar os bois ao carro:

– Afasta, Pintado! Encosta, Teimoso!

E arrastava com dificuldade as pesadas cangas e os tirantes. Depois, com grande esforço, ia prendendo os canzis e as outras peças aos bois.

Tiãozinho não sabia o que fazer. Tico sentia-se envergonhado. Mas Vovô parecia nem vê-los ali por perto. Os três, então, foram se aproximando, devagarzinho, muito encabulados, mas não queriam ajudar. Ficaram do lado de fora do galpão espiando por entre as varas. Foi quando Vovô perguntou:

– Vocês conhecem aquela história da onça que queria comer as capivaras do arrozal?

– Não – responderam eles, meio desenxabidos.

O velho, então, continuando seu trabalho, começou a contar:

– Pois foi assim: a onça certo dia prometeu comer todas as capivaras daquele lugar. A notícia se espalhou até chegar aos ouvidos das capivaras, e as pobrezinhas, aterrorizadas e sem saber o que fazer, resolveram consultar o doutor Casca-Dura, o inteligente jabuti, muito conhecido na mata por seus sábios conselhos, nas ocasiões mais difíceis para a vida da bicharada. E assim, certa noite, reunidos na clareira da mata, esperaram por ele.

"O jabuti só chegou com atraso, pois ele sempre caminha devagar e vive a repetir seu ditado: 'Devagar também é pressa'.

"As capivaras o saudaram com grunhidos e bater de dentes. E, quando se fez silêncio, o bicho cascudo explicou-lhes:

"'Minhas amigas, o que tenho a dizer é muito simples: a onça é uma, vocês são muitas. A fera pode vencer cada qual separadamente, mas não consegue derrotar todas unidas. Por isso, nunca se separem; lutem juntas. A união faz a força!'

"Dito isso, ergueu bem o pescoço curvo e pelado, piscou os olhinhos inteligentes, espichou para fora do casco as patinhas e deslizou para as águas do rio.

"As capivaras ficaram a olhar indecisas uma para a cara da outra. Realmente esperavam mais do jabuti, que tinha tanta fama de prudência e sabedoria. Algumas achavam que ele só falara bobagem.

"Poucas, porém, mais inteligentes, acharam que o conselho podia ser bom. E, seguindo-o, conseguiram evitar, por algum tempo, que a fera as devorasse.

"A onça, vendo que nada conseguia, pois as capivaras andavam sempre juntas e, quando atacadas, reagiam com dentadas de todo lado, mordendo seu rabo, as orelhas e o corpo todo, resolveu usar de uma esperteza.

"Sabendo que havia rivalidades entre elas, imaginou um plano ardiloso: pediu ao serelepe que fosse

dizer às capivaras que gostava de todas elas e só queria apanhar a mais vaidosa da grota. As outras não precisavam se preocupar, estavam salvas.

"O serelepe deu o recado, e as capivaras ficaram muito satisfeitas, pois não precisavam mais andar sempre juntas, o que era muito incômodo para todas. Pois, se a onça só queria comer a mais vaidosa... Ora, ela que enfrentasse a fera sozinha. Na verdade, ela bem que merecia, pois vivia na beira do rio, mirando-se nas águas, com aqueles pêlos sedosos e aquela mancha escura que lhe dava destaque e até fazia inveja às outras.

"E, assim, a capivara vaidosa ficou sozinha na beira do rio e foi logo devorada pela onça, enquanto as companheiras se mostravam indiferentes.

"Passados alguns dias, a onça anunciou que queria comer a capivara mais feia do bando.

"Ora, esta era muito bem conhecida de todos.

"'É a vergonha da nossa espécie', dizia uma das companheiras.

"'Até é bom para ela', dizia outra capivara, 'pois vive sempre sozinha e desprezada.'

"E, assim, a mais feia foi logo comida pela onça.

"Alguns dias mais tarde, a fera anunciou que queria somente comer a capivara mais lerda do grupo.

"As outras, já agora um tanto alarmadas, ainda desta vez encontraram justificativa para abandonar a companheira.

"'De que vale a vida para ela, se para ir até o rio leva um tempão e é capaz de perder uma corrida para o jabuti? Mais dia, menos dia, vai cair mesmo nas mãos do caçador ou de alguma fera!'

"'Assim, pelo menos, nos deixa sossegadas. Não temos de ajudá-la, como todos os dias!'

"Desse modo, a capivara mais vagarosa também foi devorada.

"E, com outras justificativas, a onça sabida foi comendo, uma a uma, outras capivaras gordinhas...

"Quando, finalmente, elas perceberam que tinham sido enganadas, quiseram de novo se unir, como havia ensinado o jabuti, para enfrentar a terrível e astuta inimiga, mas então já era muito tarde. Estavam reduzidas a poucas e sem forças para se defenderem."

Os meninos ouviam muito atentos a narrativa e esperavam alguma conclusão.

Vovô acabou de atrelar os bois ao carro e, como os meninos estavam ainda muito quietos, com dó das capivaras, acrescentou a moral da sua história:

– Enquanto o perigo ameaçava todas as capivaras, elas souberam se defender, mas, quando viram que apenas uma delas seria destinada ao sacrifício, as outras a abandonaram e a pobrezinha foi morta. Depois outra foi a escolhida. E as companheiras, ainda dessa vez, acharam razões para abandoná-la. E, assim, a onça, sabidona, dividiu o bando e conseguiu vencer cada uma separadamente.

Os pequenos olhavam uns para os outros, meio indecisos.

Vovô, então, concluiu:

– Vocês não vêem certa semelhança entre essa história das capivaras e o que está acontecendo agora por aqui? Zé Pedro é como a capivara mais lerda, ou a mais feia, ou a mais vaidosa. Os gafanhotos representam a onça; o resto vocês entendem, não é?

Os três pequenos saíram desenxabidos e trataram de se mexer.

Tiãozinho saiu à procura do Maracujá. Dudu e Tico foram apanhar as ferramentas, vasilhas, embrulhos e outros objetos que o professor Justino tinha preparado, havia vários dias, e deviam servir para um possível ataque dos gafanhotos a Taquara-Póca, caso eles descessem em bandos. Tudo aquilo podia ser útil, então, para ajudar o vizinho. Colocaram os apetrechos dentro do carro de bois e, daí a pouco, ainda noite escura, deixaram a sitioca em direção às terras de Zé Pedro.

– Vamos ajudar a "capivarona" mais esperta a se defender da "onça gafanhotada" enquanto é tempo! – arreliou Tiãozinho.

Todos riram.

– A... união... faz... a força – completou Tico.

Reconciliação

Tiãozinho ia à frente, montado no burrinho, com Perereca na garupa. O macaquinho guinchava de vez em quando e puxava a camisa do pequeno. Este tratou de acalmá-lo, colocando-o no colo.

Atrás seguia o carro de bois, conduzido por nhô Chico e com todo mundo dentro. O professor Justino ia explicando, mais uma vez, a todos o que deviam fazer para combater os gafanhotos no solo, pois eles já haviam descido para atacar as plantas.

– Existem várias fases de combate aos gafanhotos. Uma delas é antes de eles se reunirem em nuvens. Mas isso é muito difícil, pois eles se criam, em grande parte, em lugares pantanosos e alagadiços, aonde dificilmente o homem pode chegar. Depois que crescem, formam grupos e saem à procura de alimentos. Podemos, então, atacá-los no ar. Para isso precisa-se de aparelhamento bastante moderno e até de pequenos aviões... Bem, isso eu já lhes expliquei. Estou repetindo, só para vocês não se esquecerem. Mas – continuou o professor – o modo mais seguro de combatê-los é quando estão pousados, como vocês talvez irão ver no sítio do Zé Pedro. Mas a luta não deve acabar.

– Por quê? – interrogaram os pequenos, sem compreender.

– Porque eles põem ovos, que se transformam em gafanhotinhos, que logo também vão causar muitos estragos, como os pais.

– Nunca pensei que gafanhotos pudessem dar tanto trabalho!

– Dão, sim: hoje é o sítio de Zé Pedro, mas amanhã poderá ser o nosso!

– É o mesmo caso das formigas! – comentou Tiãozinho, lembrando-se da história que o professor tinha contado.

– Tem uma certa semelhança!

Quando chegaram à porteira que dava entrada às terras de Zé Pedro, o dia começava a raiar. Uma neblina muito rala ia desaparecendo com os primeiros clarões do sol, e eles podiam, assim, ver as casinholas da fazenda e, mais para o alto, a casa de morada do velho adversário de Taquara-Póca.

Vovô estava quieto e pensativo. Quantos anos fazia que ele não atravessava aquela porteira?

O barulho do carro se alongava pelo campo, silencioso naquela hora.

Chegaram até uma elevação e, depois, começaram a descer. Viram, então, uma cena que os deixou muito espantados e tristes. Por todos os lados não viam uma única folha verde. O pomar havia desaparecido completamente. Lá estavam apenas os galhos, espetados para o céu. No campo já não havia capim, nem...

– Vejam só! – disse Tio Juca, levantando-se. – Onde foi parar o cafezal que a gente avistava daqui?

Todos olharam condoídos para o horizonte e nada mais viram da antiga lavoura de café de Zé Pedro, que antes subia pelos morros até se perder de vista. Era como se o fogo ou uma geada terrível tivesse passado por ali e destruído tudo.

Logo chegaram ao terreiro da casa de Zé Pedro. De longe todos o viram à soleira da porta, com a mão em concha acima dos olhos, procurando reconhecer quem vinha àquela hora.

Quando reconheceu o pessoal de Taquara-Póca, ficou pálido. Sem conseguir acreditar, passou as mãos pela barba meio branca.

O carro parou à sua frente. Vovô desceu e foi cumprimentar Zé Pedro.

Finalmente os dois adversários, de quase trinta anos, estavam ali, um na frente do outro.

– O pessoal está aqui para ajudar no que for preciso – disse Vovô.

Tio Juca, Chico e os pequenos nada diziam. Ficaram apenas olhando para Zé Pedro. Este, então, não sabia o que responder. Estendeu a mão para Vovô e abraçou-o. E todos viram que lágrimas caíram de seus olhos.

Os pequenos estavam admirados. Parecia impossível o que acontecia. Todos prontos para ajudar o antigo inimigo!

Todos unidos

Dali foram para a roça, onde os gafanhotos tinham pousado.

– Precisamos salvar as plantas que ainda não foram comidas! – disse Justino.

O material vindo de Taquara-Póca foi logo distribuído ao pessoal. E o professor começou a fazer algumas pulverizações, com produtos de cheiro forte.

– O maior prejuízo virá depois que os "saltões", isto é, os filhos dos gafanhotos, começarem a comer. Por isso, precisamos agir desde já.

O professor Justino pediu que o serviço de destruir as fêmeas e os ovos fosse feito com alguns arados, com o que Zé Pedro concordou, mandando que atrelassem bois e burros aos arados do sítio. Os pequenos ajudavam também a fazer, com os arados, riscos fundos em uma direção e depois em sentido contrário, cruzando os sulcos.

– Assim, fazemos dois serviços ao mesmo tempo – comentou Zé Pedro. – Eu estava mesmo precisando arar essa terra, para a próxima plantação.

Assim passaram todo o dia. À tardinha, bastante cansados e suados, todos se sentiam satisfeitos com os resultados, pois uma grande área já havia sido trabalhada. E Zé Pedro, muito abatido com o estrago, porém confortado com a cooperação dos vizinhos, mandou preparar-lhes um bom churrasco.

Cada qual apanhou um espeto com a carne para assar no braseiro do terreiro e pôs-se a comer com apetite.

Chico saboreava um bom pedaço e dizia:

– Gafanhoto é bicho que não devia existir no mundo.

– É, ele causa muitos prejuízos – confirmava Tio Juca.

– Também... também... eu acabei com... um punhado... deles – comentou Tico.

Ficaram para dormir ali na casa de Zé Pedro, pois no dia seguinte deviam prosseguir nos trabalhos. Como não havia cama para tanta gente, cada qual se arranjou como pôde num galpão, deitando-se sobre capas, pelegos, mantas. E alguns até dormiram nas tábuas limpas, fazendo travesseiros com arreios.

Zé Pedro fez questão de que Vovô tivesse uma boa cama, mas ele recusou e foi dormir junto com a sua criançada. A criançada, como ele dizia, eram Tiãozinho, Dudu, Tico e até Tio Juca e Chico.

Vale a pena ajudar

No dia seguinte eles continuavam com o trabalho de arrancar os gafanhotos pousados para a desova e destruir os "cartuchos", isto é, o conjunto formado pelos ovos depositados.

– Cada gafanhoto, como já disse, pode pôr até mais de cem ovos – explicou Justino.

– Desse jeito a "racinha" deles nunca mais acaba.

– E quanto tempo levam para nascer?

– Uns vinte dias. Depois, então, aparecem os chamados "mosquitos". Estes, crescendo mais, tomam o nome de "saltões".

– Que comem para valer, isto comem – comentou Dudu.

Aquele dia foi trabalhoso.

À tardinha só faltava um trecho dos morros para ser trabalhado.

– Bom, minha gente – disse Zé Pedro –, vocês já fizeram demais. Agora voltem para suas casas. Nunca mais vou me esquecer desta ajuda. E, se algum dia precisarem de mim, basta atravessar aquela porteira. Daqui para a frente ela estará sempre aberta para bons vizinhos, como vocês são. – E o homem enxugava os olhos, cheios de lágrimas.

– Adeus, adeus... – e todos foram se retirando.

O carro de bois cantou na estrada.

Vovô voltava silencioso. Vinha condoído com a sorte de Zé Pedro. O homem perdera muito. Talvez até precisasse vender as terras!

– Se a gente ajudar daqui para a frente... será bom para ele. Dinheiro não temos, mas podemos oferecer alguns dias de trabalho do nosso pessoal...

– E ainda convidamos os vizinhos...

– Então teremos é um mutirão!

– É uma boa idéia para o Clubinho levar avante!

– Toda vez que alguém precisar de ajuda a gente reúne o pessoal.

E assim, conversando, chegaram de volta ao sítio.

Depois da tempestade

Os pequenos passaram os dias seguintes muito enlevados com a festa de São Pedro, que estava para chegar. Foram ao mato e cortaram taquarinhas, folhas de coqueiros, flores-de-são-joão, para enfeitar o curral, o terreiro de café e a capelinha.

A lenha da fogueira já estava preparada. Tio Juca havia trazido um carro de boa lenha: jacaré, aroeira, cambará...

– Precisamos chamar nhô Lixandre. As rezas são com ele – disse Tiãozinho.

– É verdade – confirmou Tio Juca. – Devemos agradecer a Deus por nos ter livrado desses terríveis bichos e pedir que ajude Zé Pedro a se refazer!

– E o Vovô precisa trazer mais rojõezinhos da vila e alguns fogos, pois nós gastamos tudo o que havia com os gafanhotos.

– Também, valeu a pena!

– Se valeu!

Correram até a casa do preto velho.

Nhô Lixandre concordou em fazer as orações e pediu que Butoca fosse o sacristão.

– Olhe, vocês precisam falar com o Chico pra preparar a sanfona e animar a festa.

– A ma... mãe está fazendo um... um mun... do de doces! – anunciou Tico. – Pé... pé... de-moleque...

– Já estou com água na boca!

Dali os pequenos foram à procura de Tibúrcio.

Encontraram o caboclo preparando uns tentos de couro, com o canivete. Chico sabia trançar couro com muita habilidade e fazer petrechos para uso do sítio: laços, rédeas, peças de arreios para cavalo e bois de carro.

Pregado à parede havia um couro de boi, estirado por paus pontudos, que o prendiam de ponta a ponta. Chico, com habilidade, ia cortando, com o canivete, umas tiras de couro bem fininhas e iguais. Depois, com capricho, raspava os pêlos, deixando-as bem branquinhas. Dessa forma ficava preparado o tento, com o qual ele tecia.

– Então, Chico – foram gritando os pequenos logo que chegaram em grande algazarra –, cadê a sanfona?

– Não está enferrujada, por falta de uso? – arreliou Tiãozinho.

– O filho de Zé Pedro toca viola. O Quinzote canta modas.

– Está aí um trio alegre – comentou Dudu.

– Vamos ver a horta?

Estavam tão preocupados nos últimos dias que haviam se esquecido das mudinhas de alface, dos pezinhos de cebola, das cenouras, rabananetes, pepinos, quiabos, berinjelas.

De tudo já havia na hortinha. Alguma coisa até podia ser vendida na vila. E o dinheiro iria para o Clubinho. Desse modo, Pintadinha já não precisava vender outros bichos de estimação, como havia feito com o Ronca-Fuça.

Surpresa para Tico

– Vamos, então, até a horta? – disse Dudu.

E os três se encaminharam para lá.

Quando chegaram à baixada, viram lá longe, no caminho, Zequinha, Butoca e Pintada, que arrastavam o bezerrinho Fumaça, com grande esforço. O bezerro estava preso por um cipó. Butoca e Zequinha o puxavam, e Pintadinha o empurrava pelas ancas. Mas, assim mesmo, zangado, o bicho quase não arredava pés.

Tico ficou logo vermelho como pimentão e arregalou os olhos.

– Eu não disse – comentou Tiãozinho – que depois do Ronca-Fuça eles iam vender o Fumaça?

– A Pintadinha quer mais livros para a biblioteca – disse Dudu.

– Mas... e... ela... me... paga – bradou Tico, que, quando ficava nervoso, mal conseguia falar.

– Onde se viu uma coisa dessas! – protestava Dudu.

E os três saíram em corrida mais rápida ainda em direção à baixada.

Quando chegaram ao caminho fundo, Zequinha, Butoca e Pintadinha ficaram assustados ao ver os três chegarem.

– Então... larguem o meu... bezerro... aí...

– Que vocês estão fazendo com ele? – perguntou Tiãozinho.

– O bicho é do Tico... É dele!

A garotinha então espichou os lábios e deu a resposta:

– Não fiquem tão assanhados! Ninguém quer esse bezerro magruço e bernento.

– Bernento uma ova!

– E trate de pôr uma cangalha nele. O maroto saiu do pasto, varou a cerca e estava comendo a horta!

Os pequenos se acalmaram. Na verdade, o bicho estava causando estragos!

Tico, aliviado, respondeu:

– Eu... eu... pensei que vocês iam levar o meu... meu... bezerro pra vender...

Todos riram das preocupações do Tico.

– Bom castigo pelo malfeito, se fosse fazer companhia ao Ronca-Fuça! – exclamou Butoca, zangado.

– Faça... faça... isso... isso... com... o seu bode... fedido! – retrucou Tico.

Butoca deu de ombros. Os demais caçoaram dele.

– Venham raspar os tachos de doces!

Era nhá Candoca que, trepada no pulador da cerca, chamava os pequenos.

Que gostosura limpar os tachos de doces! O melhor do doce é o que fica no fundo do tacho.

Todos largaram o Fumaça onde estava, ainda com o cipó no pescoço, e foram para a cozinha. Lá estavam as caçarolas e os tachos de onde nhá Candoca tinha tirado, havia pouco, os gostosos quitutes da festa. Doces de cidra, goiaba, marmelo e pés-de-moleque, bolos, doces de leite.

Cada um, com uma colher, pôs-se a comer...

A festa, pela amostra, devia ser de arromba! E, para eles, já começava bem! E muito antes!

– Agora é não pensar mais em gafanhotos e saltões – disse nhô Chico.

– Vai ser só alegria!

– Com rojões, danças, música e muito alegria! – alguém completou.

Francisco Marins

Escritor da juventude

Natural de Pratânia, SP, descendente de tropeiros, boiadeiros e pequenos plantadores de café, Francisco Marins passou a infância em contato com a vida rural e a cultura do café, de onde colheu inspiração para suas obras.

Foi editor da Editora Melhoramentos, membro da Comissão Estadual de Cultura e presidente da Câmara Brasileira do Livro, tendo lutado pela divulgação e valorização do livro.

Criou, na cidade de Botucatu, o Convivium – Espaço Cultural Francisco Marins e o Clubinho Taquara-Póca, que visam promover o interesse pela vida rural, natureza e ecossistema.

Em Pratânia, SP, onde existe uma biblioteca com seu nome, tem amplo projeto cultural: Taquara-Póca e Prata Antiga.

O escritor é membro titular da Academia Paulista de Letras, da qual foi presidente em duas gestões e é atual presidente emérito. Recebeu diversos prêmios e distinções literárias, entre eles:

- Prêmio Hans Christian Andersen
  (indicação como representante do Brasil);
- Prêmio Carlos de Laet
  (Academia Brasileira de Letras);
- Prêmio Fábio Prado
  (União Brasileira de Escritores);
- Prêmio Jabuti
  (Câmara Brasileira do Livro);
- Medalha de Mérito Literário
  (Pen Club de São Paulo);
- Prêmio Lourenço Filho,
  de literatura infanto-juvenil.

Francisco Marins tem ainda seu nome incluído na coleção européia Delfin, de clássicos da literatura para a juventude, e em verbete da *Oxford Children's Literature.*

Sucessos editoriais

A série Taquara-Póca, infanto-juvenil, mantém-se até hoje entre as mais lidas pelos jovens em todo o país, no lar e nas escolas, com os seguintes títulos:

Nas terras do rei Café
Os segredos de Taquara-Póca
O Coleira-Preta – Aventuras em Taquara-Póca
A praga dos gafanhotos
Verde era o coração da montanha

Os livros do autor, destinados à juventude, foram traduzidos em quinze línguas e alcançam muitos países, sendo considerados *best-sellers* na Hungria. Os livros das séries Taquara-Póca, Roteiro dos Martírios e O Homem e a Terra (Saga do Café) alcançam, com centenas de edições, mais de três milhões de exemplares.

São as seguintes as obras publicadas no Brasil, destinadas aos jovens leitores e que se encontram nas livrarias:

A aldeia sagrada
O mistério dos morros dourados
A montanha das duas cabeças
Em busca do diamante
O sótão da múmia
A guerra de Canudos
O curandeiro dos olhos em gaze (recontos)

Para saber mais sobre o autor, visite a
Home Page: *www.franciscomarins.com.br*
ou escreva para o e-mail: *frmarins@laser.com.br*